Vong Vorwort her!

Was ist das für 1 Buch!
Un: was tust du in so 1 Buch denn rein!
Das tun mich meine krasse people fragen, wenn ich erzählt hab, von Buchprodschekt her.
Ja! Also da kommt was von Bildunk her rein. Und viele coole pics von meine Person! Weil!
Kein stress mit kopiereiht, ne, verstehste!

Und den thema kommt rein!
Und das is!
VON DIE NICEIGKEIT DER SPRACHE!
Klaro. Den Sprache is nich nur von hohe Niceigkeit. Is auch voll krass, cool und swagyy!
Isso!!

Ich tu euch den jetzt entlich erklären, in moderne, normale sprache. Und translate euch auch von den Oldies un alte schlaumeister her den Zitate!
Gescheckt, ne!

Is cool, babie! ISSO!!

Den BukTom Bloch

Herstellung und Verlag:
BoD – Books on Demand, Norderstedt
ISBN: 978-3-7431-4250-3

Den Verzeichnis vong den inhalt her!

1) noch so anfang Sachen!
2) Vong 1 kleinen leksikon her!
3) Vong den deffinischen her (Sprache)!
4) was vong sprache von Schlaumeiers her! Mit trensleschion!
5) Coole phrases vong clevere Antiksprach-Fuzzis her! Mit trensleschion!
6) aus den Indernetz!
7) Merchens un widze!!
8) noch so Schluss-sachen!

Un wie gesacht!

1) noch so anfang Sachen!

Ja, habbich eigentlich dochschon so allet gesacht.
Aber nomma grüsse an meine Bros und Sis von den fratzenbuch vong Dankbarkeit her!
Den Sascha und den 3 äindschels für BukTom. (wo auf den Rücken sind. Also von den buch!) Und den Annere!!!

Ja un mussich noch raushaun, dassich nochn Pseudo-name habe. Den Avatar vom meine pörsen is nemmich den „Burkhard Tomm-Bub, M.A.". sowat!!

ja un jez geht die luzie los. Aba ers nochn schönet fotto! Weil!

Es gibt ja auf den Welt 1e menge Sachen von 1 grosse Niceigkeit her! So wie den:

Da bisse am fly, ne!!!
Aber! Ich sachchet nomma!
Den Sprache is nich nur von hohe Niceigkeit. Is auch voll krass, cool und swagyy! Un wichtick!!

ISSO!!

Euern Swaggernaut!
BukTom Bloch

2) Vong 1 kleinen leksikon her!

Imma so- Coole modern sprache : antike Sprache

1 = ein, eine, eines, einer, eins, erstens, einem, einen und alles was mit ähnlicher Bedeutung. Kann man also gut für vieles gebrauchen!

Alda = geehrter Herr, aber auch: geehrte Dame, Du, Sie, etc. Aber auch einfach als Bekräftigung und Unterstreichung des vordem gesagten.

Alpha-Kevin = der Dümmste von allen.

Bro = Kumpel, Freund, Kollege, Gesinnungsgenosse, u.ä.

cool = bereits leicht veraltet für gut, sehr gut, besonders angemessen, besonders lobenswert.

(am) fly (sein) = besonders abgehen.

isso = ist so, genau so verhält es sich, beliebte Bekräftigung.

(auf) Jeden! = auf jeden Fall, unbedingt, Bekräftigung (*). Superlativ: "auf *Jedsten*!!" (**).

(auf) Keinen! / (*Keinsten!!*): Gegenteil zu: (auf) **Jeden!** (siehe dort).

"Läuft bei dir" = cool/krass.

, ne! = Zumeist am Satzende. Signalisiert zumeist eine Frage und wird daher auch in aller Regel nur mit einem (!) Ausrufezeichen abgeschlossen.

swaggy = Laut Antisprachen-Lexikon: cool, geil, scharf, super. Ähnlich "cool", aber moderner.

Swaggernaut = extrem coole Person.

tu, tue = beliebtes Füllwort, Beispiele: "haben tue", "machen tue", u.ä.

vong = von, bezüglich, hinsichtlich, mit dem Thema, usw. Sehr beliebtes Wort.

vong ... her = Bedeutung sehr ähnlich dem einfachen "vong". Kann, muss aber nicht betonen, das etwas ausschließlich in Bezug auf diesen speziellen Umstand / Blickwinkel gemeint ist.

YOLO = laut Antiksprachen-Lexikon (wiki) "Die umgangssprachliche Abkürzung YOLO steht für die englische Phrase „you only live once" („du lebst nur einmal") und ist eine Aufforderung, eine Chance zu nutzen und einfach Spaß zu haben, egal welchen Gefahren man sich aussetzt, welche Verbote man missachtet oder ob man Disziplin, Ordnung und Vernunft außer Acht lässt.

* * *

1, 2, 3, ... etc.: Ausschreibungen von Zahlen sind stets und strikt (!) zu meiden! Derlei gilt als weitschweifig und als eine übertrieben vornehme Ausdrucksweise.

***

! = Ausrufezeichen, stets sind mindestens zwei zu benutzen, bei Bedarf auch mehr. Auch Fragen werden zumeist mit einem (!) solchen abgeschlossen.

***

Kleinschreibung ist nicht immer und überall nötig, ist aber zu bevorzugen. Alternativ kann auch durchgängig GROSSSCHRIFT VERWENDET WERDEN!

***

Schreibe wie man spricht! wollz doch dattich die peoples vastehn, ne!

***

ma bissken wat coolet auf engelisch rein flechtn tun- tut immer gut kommen, auch vong den internatschjonallieet her!!

***

Kommas sin völlich übaflüssich !!!!

***

Wörters mus ma nich imma gleich schreim! Das ist den freiheit und den flexibillietie

*** *** ***

(*) = big THX für des to: Friedrich Karl Gompert!
(**) = dangedangedangeschön! für den Ellen Vaudlet für dem teil!!

Gleich gehtet weita!

....

3) Vong den deffinischen her (Sprache)!

Also!! da schreibich liba doch nix!
Ich mein! Bevor 1 was trenschleschon kann, muss er 1 changse haben, den vorher zu vastehn!
Is aber nP, nada, nix Null plan!!
Guckst du selba, guckst du hier (bei den Antiksprachen-Leksicon „wikipedia" - Quelle: internet!!)!

„Unter Sprache versteht man die Menge, die als Elemente alle komplexen Systeme der Kommunikation beinhaltet. Der Term wird meist verwendet, um anzuzeigen, dass konkrete Zeichensysteme Elemente dieser Menge sind (z. B. die deutsche Sprache, die Programmiersprache Basic); umgekehrt, um anzuzeigen, dass diese konkreten Zeichensysteme den Eigenschaften einer Definition des Begriffs „Sprache" genügen. Eine andere Definition ist: Sprachen sind „die Systeme von Einheiten und Regeln, die den Mitgliedern von Sprachgemeinschaften als Mittel der Verständigung dienen. Es werden zahlreiche Einzelsprachen unterschieden."

Sachma ma so. sprache is, wenn du mit wörters schreibs oda sprichs. Und annere dich verstehn tun! Un- gibt nicht nur 1! gibt mehreren! Und den ist auch gut so!!

1 muss ich noch für euch zu checken geben!
Unser schöne coole, modern sprache! Wer hat es erfunden!
Yeah! Auch wir peoples mit korrekte sprache haben ein Hyper-Swaggernaut!
Und das is den!

Money Boy!!

Den antik-Wiki sacht:

„Der österreichische Rapper Money Boy ist 2010 mit „Dreh den Swag auf" bekannt geworden und hat eine Art Kunstsprache entwickelt. Die 1 statt Artikel ist darin ein wichtiger Bestandteil!"

Den is COOL!

Bittte ma ernsthaft jetz !

4) was vong sprache von Schlaumeiers her! Mit trensleschion!

hier is was vong 2 Schlaumeisters her vong thema her.
Widder erst in Antiksprache, dann in normal moderne:

Wie sagte schon Hans Mayer 2006:
"Die deutsche Sprache ist von zwei Seiten Anfechtungen ausgesetzt. 1. In der täglichen Umgangssprache werden zahlreiche englische Wörter verwendet, auch wo es gar nicht notwendig wäre."
.
Wie tat schon den Mayer sein Hans in year 2006 raushauen?
"Den deutsche Sprache is vong 2 Seite angeboxt! In den everyday Sprache auf die street sind voll reingeklatscht den vielen englische words! Auch wenn da gar kein need für is!!"
.

"Eine vom Juristendeutsch geprägte Verwaltung verwendet die deutsche Sprache in einer Weise, die auch ein Muttersprachler nur mit Schwierigkeiten versteht. Parlamentarische Initiativen, die Sprache der Gesetze und der Bürokratie verständlich zu gestalten, hat es wiederholt gegeben, sie verlaufen aber immer im Sande."
.
"Und die Boxung von die andere seite ist? Von die Richters und Gerichte un so. Und dene Verwaltungsfuzzis! Da hat selbst 1 null Plan, wo ansonsten voll reingebornt ist in den deutsche Sprache!
Und von den Regierungsbosse, die haben da schon oft den Checker gemacht und wollten den change machen! Is aber everyday in den Sand rein verlaufen! Isso!!"

...
Gert Ueding, Professor für Allgemeine Rhetorik in Tübingen, schreibt: "Noch nie haben Schriftsteller so schludrig geschrieben, haben Politiker seichter und ungeschliffener geredet, ist die deutsche Sprache an deutschen Schulen mehr vernachlässigt worden als heute – von der Sprache in Werbung und Massenmedien ganz zu schweigen."
...
Und den Prof vong den allseitigen Retrotrick aus den Tübingen (den Gerry Üdings!) hat gwritet: "Never ever haben die Schreibers so larifarig gwritet, und die Politfuzzies so plattköpfig verrapped gelabert und nienich ist den deutsche Sprache an den schools mehr outgekickt worden, als wie today! Un ich sach schon ganix mehr vong den Werbunk und die massive Mediane her!!"
...

Das die Härte, ne!!!!

* * * * * * *

Deffinittlie!!

5) Coole phrases vong clevere Antiksprach-Fuzzis her!
Mit trensleschion!

Coole phrases vong die Antik-Sprachler -und den swaggy translation dazu!

Wer fremde Sprachen nicht kennt, weiß nichts von seiner eigenen.

Johann Wolfgang von Goethe
(1749 - 1832), bedeutendster deutscher Dichter, Naturwissenschaftler und Staatsmann.

.
Tuste nix von annere languages kennen, kannze au nix vong deine eigene kapiren!

...

Die ganze Kunst der Sprache besteht darin, verstanden zu werden.

Konfuzius
(551 - 479 v. Chr.), latinisierter Name für Kongfuzi, K'ung-fu-tzu, »Meister Kong«, eigentlich Kong Qiu, K'ung Ch'iu, chinesischer Philosoph.

.
Wennze labern tus, musste kucken, dass die annere das auch vastehen tun, Alda!

...

Durchaus!!

Sprachen sind die Archive der Geschichte.

Ralph Waldo Emerson
(1803 - 1882), US-amerikanischer Geistlicher, Lehrer, Philosoph und Essayist.

.
Den sprachen sind den safe von die Vorzeiten!

...

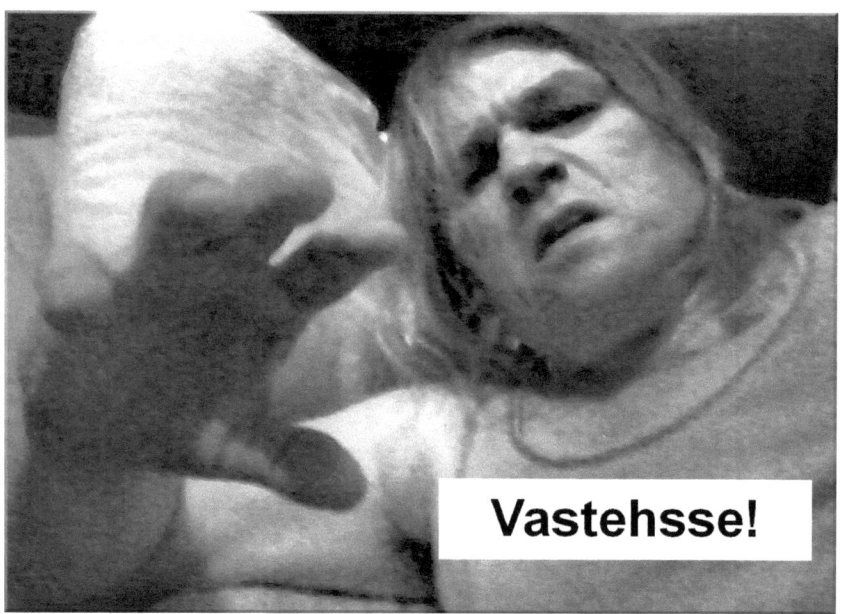

...m1ne Güte, wattn fotto, ne!

Alle Sprache ist Bezeichnung der Gedanken, und umgekehrt die vorzüglichste Art der Gedankenbezeichnung ist die durch Sprache, dieses größte Mittel, sich selbst und andere zu verstehen.

Immanuel Kant
(1724 - 1804), deutscher Philosoph.

Kannze nich denken, kannze nich quatschen. Un anersrum ist den selben Fall! Aba sprache ist den most swaggy Teil, für sich un annere people zu verstehen tun!
...

Jeder Mensch hat seine eigne Sprache. Sprache ist Ausdruck des Geistes.

Novalis
(1772 - 1801), eigentlich Georg Philipp Friedrich Leopold Freiherr von Hardenberg, deutscher Lyriker.

Jeda tut bissken anners quatschen tun! Wie 1 labert, zeigt wasser in sein Brain hat!!
...

Ne!

Wie ist jede – aber auch jede – Sprache schön, wenn in ihr nicht nur geschwätzt, sondern gesagt wird.

Christian Morgenstern
(1871 - 1914), deutscher Schriftsteller, Dramaturg, Journalist und Übersetzer.
.
Welche language is wurscht, ne! Den 1zig wichtige- muss halt cool und swaggy sein, wasste sagen tus!

...

Die Menschen gebrauchen ihren Verstand nur, um ihr Unrecht zu rechtfertigen, und ihre Sprache allein, um ihre Gedanken zu verbergen.

Voltaire
(1694 - 1778), eigentlich François-Marie Arouet, französischer Philosoph der Aufklärung, Historiker und Geschichts-Schriftsteller.
.
Den meiste people usen ihren brain nur für uncoole Sorrys! Und den sprache nur für nebelkerze, wasse wirklich in Brain am rotieren haben!

...

Is abba uncool!!! ---->

Eine fremde Sprache lernen und gut sprechen, gibt der Seele eine innere Toleranz, man erkennt, daß alles innerste Leben sich auch noch anders fassen und darstellen lasse, man lernt, fremdes Leben achten.

Berthold Auerbach
(1812 - 1882), eigentlich Moses Baruch Auerbacher, deutscher liberaler Kulturpolitiker und Schriftsteller.

Kannzte auch in andere sprachen talken, kapierste das andere typen auch cool sind, un nich nur du! Alda, ne!

...

Sprache ist Malerei für das Ohr.

Joseph Joubert
(1754 - 1824), französischer Moralist.

Mit den sprache kanste gute beispiels raushauen vong verständnis her! Wenne gut bis!

...

*Kämpft für den Sieg von den Genitiv!
Freiheit für dem Dativ!
Nieder mit den Akkusativ!*

Kalenderspruch.

.

(Dat sin so beispiele für den freie gebrauch vong den sprache. So vong fleksibilitet her!)

....

.

Die Sprache ist die Kleidung der Gedanken.

Samuel Johnson
(1709 - 1784), englischer Sprachforscher, Lehrer, Journalist und Herausgeber moralischer Wochenschriften, Literaturkritiker.

.

Der Sprache is den Klamotten von den Brain-output!

...

Ahaaaa ...!!

*Nichts als Schlagworte.
Im Haus der Sprache treiben
sich Gauner herum.*

© Ernst Ferstl
(*1955), österreichischer Lehrer, Dichter und Aphoristiker
Quelle: Ferstl, Gräser tanzen, edition doppelpunkt 1996

.
Wenne imma nur platte phrases raushaus, bisse ein uncoolen Fuzzi!!

...

Die Sprache kann durchaus endgeil und vollfett sein – man muß sie nur in ihrem entsprechenden Biotop sprechen.

© Wolfgang J. Reus
(1959 - 2006), deutscher Journalist, Satiriker, Aphoristiker und Lyriker

.
(Sach ich doch!!)

...

Sprache ist die Fähigkeit, die oft das Denken ersetzen muß.

Unbekannt

Viel Typen loosen mit ihren brain! Aba labern tun se dafür dan!!

...

"Deutschlant. Ein Lant der Dischter unt Dengker."

Unbekannt
Quelle: Plakattext des Bundesverbandes Alphabetisierung

(Sach ich auch imma!!)

...

*"Kultusminister wollen Rechtschreibreform reformieren. Rolle rückwärts:
Fünfeinhalb Jahre nach ihrer Einführung soll die Rechtschreibreform wieder
geändert werden....
...Dazu ein Protest der Pisa-Generation: Liepe Revorm-Komißion: Wier
prauchen kaine Revorm der Rechtschreipe-Revorm: Wier wahren schon for
der ersten Revorm feelerloß!
Die Pisa-Gennerazion."*

© Willy Meurer
(*1934), deutsch-kanadischer Kaufmann, Aphoristiker und Publizist, M.H.R.
(Member of the Human Race), Toronto.

(Vasteht man auch so! feelers sin überbewertet!!)

...

Einen Menschen erkennt man an der Sprache.

Jüdisches Sprichwort.

Wende hörs wie einer labert - weisste wie er drauf is!!

...

Sprache hat Grenzen, Erfahrung überwindet sie.

© Kersten Kämpfer
(*1958) (auch Pseudonym KK), Dr.-Ing. der Technischen Kybernetik und Automatisierungstechnik

Labern is cool! Action cooler!

...

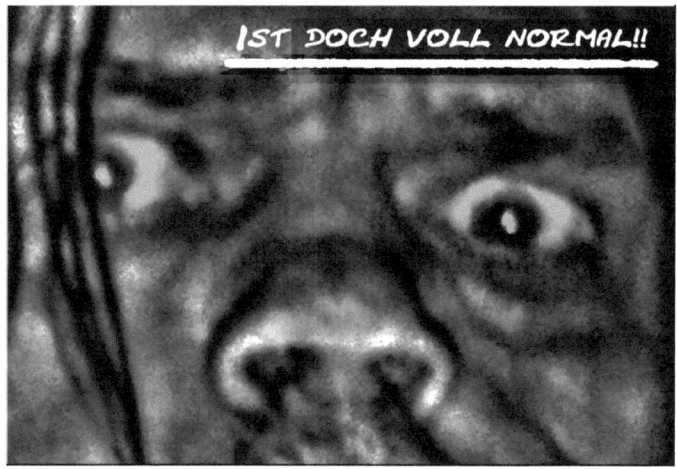

6) aus den Indernetz!

Weil!! isch hab ja schom viel zum lesenh tun geschrieben jez. Also habich jez dem plan das ich euch dann ersma paa bilders zeigen tue.
Damit den nicht zu stressig kommen tut von lesen her.
Hier also 1 auswahl aus den Internetz. Mit cool – moderne sprache!!!
Dassich kein stress mit den kopiereit krich, habbich mich aba nur was transpirieren lassen und dem selber nachgebaut kwasi!!

Also!!

DEM wichtichste an dem 1. Stele!

Ne! ISSO!!

Noch 1!

Dem Nächste!!

Un noch 1!! kein scheiss, Alda!!!

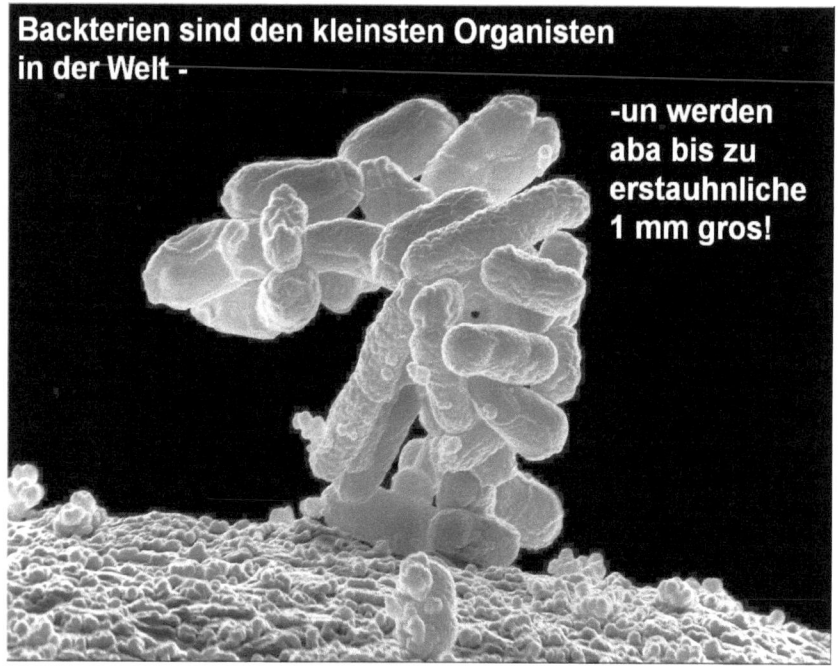

Is cool ne!

Un imma dran denken tun !!!

NE !!!

7) Merchens un widze!!

Also! "Grauenhaft ist alle Theorie!" -so tun die Quatschers von den alt Antiksprache immers sagem! Hamse aba vol recht mit ! dessenthalb komt jez! Den Pracksis!!

was soll den bedeuten!
Habbich da so schlaumeierische storrys rein getan. un so ähnlich!!

Habsch den jetz 1mal "Merchens un widzze !!" geteitelt!! Weil- spass muß! Auf Jeden !! wenn nich sogaa auf Jedsten !!! kwasi.

"Spass MUSS sein !"

...sinn abers auch wieda schlaumeisterliche stories bei !!!!

Tun jez kommen- passt du auf!!
- ers wieder in Antick-sprache, dann coolmodern sprache!!

"Nasreddin Hodscha
Nasreddin ist der Name des prominentesten Protagonisten humoristischer prosaischer Geschichten im gesamten türkisch-islamisch beeinflussten Raum vom Balkan bis zu den Turkvölkern Zentralasiens. Seine historische Existenz ist nicht gesichert; es wird angenommen, dass er im 13./14. Jahrhundert in Aksehir im südwestlichen Anatolien gelebt hat." (wikipedia)

***

Nassrettihn Hotscher - is 1 full famos storyschreibers gewest! funny warer auch noch!! das bei den Türkis-gelände und bei den islampeoples! man weis abernich genau, ob es ihm gegeben haben tut!! macht aba nix- hatter trotzdem funny-Schlaumeier-storys gemacht vong schreiben her!!

***

Den 1sten story kommt jez!!!!

***

Der allwissende Turban

Ein Mann, der des Lesens unkundig ist, bekommt einen Brief und bittet den Hodscha, ihn ihm zu übersetzen. Der Hodscha tut sein bestes, kann das Geschriebene aber nicht entziffern. Es ist wohl Arabisch oder Persisch.

»Ich kann es nicht lesen«, erklärt er schließlich, »frag lieber einen anderen.«

»Und du willst ein Gelehrter sein«, sagt der Mann ärgerlich, »du solltest dich deines Turbans schämen, den du trägst!«

Da nimmt der Hodscha seinen Turban ab, setzt ihn dem Mann auf und sagt: »Wenn du meinst, der Turban sei allwissend, dann lies du doch den Brief!«

***

Den superschlau Kopfturban

1 Typ wo keine Peilung von lesen gehabtt hat haut dem Hotscher an für ihm 1 brief zu translaten. Bloss! den war in 1e langeiitsch, wo selbst den Hotscher nich können tat!!
Den Nassrettihn glotzt auf dem papier un sacht dann: "Alda! habbich auch 0 Plan, keine peilung, sorry!!!"
"ALDA!!" sacht dem anderen. "Has du doch turban von den Schlaumeiertypen oben auf den birne!! tus hier rumhartzen un jez machsu 1 auf Niveaulimbo un brings voll dem epic fail. gibbse wenichstens zu, dasse dem Alpha-Kevin bis !"
 Da tut dem Hotscher 1 momang dem brain anwerfen vong thinking her.
Un dan tut er dem Kopfturban von Birne runter un tut ihm den Zeterkasper auf dem Perückenhalter klatschen!!
und sacht ihn- "JOAH!! wennze meinz dem Turban ist dem master of dem Juniwerse in dem Schlaumerichkeit! dann kannze ja jez selba kucken wiee kucks mit den brief zu lesen!!!"
...

Hö, Hö ...!

ESELEIEN

Der Hodscha ist unterwegs zum Dorf. Er hat seinen Sohn auf den Esel gesetzt und geht selbst nebenher. Da kommen ein paar Leute vorbei und sagen: »Schau dir das an! Der alte Mann muss zu Fuß gehen und der Junge sitzt auf dem Esel. Er sollte sich was schämen!«

Der Hodscha, der dies hört, lässt seinen Sohn absteigen und setzt sich selbst auf den Esel. Doch schon nach einer Weile hört er, wie sich zwei, die am Wegrand sitzen, unterhalten: »Der große Kerl sitzt auf dem Esel und lässt den armen Jungen nebenher gehen. Gibt es denn kein Mitleid mehr auf der Welt?«

Da holt der Hodscha seinen Sohn mit auf den Esel und so reiten sie beide weiter. Kommt ein Bauer des Weges und meint: »muss dieses schwache Tier denn euch beide tragen? Das ist ja unglaublich. Der arme Esel wird sich das Rückgrat brechen.«
Der Hodscha steigt daraufhin ab und nimmt auch seinen Sohn vom Esel herunter. So gehen sie weiter, der Esel voraus und die beiden hinterdrein. Als sie nicht mehr weit vom Dorf entfernt sind, hören sie, wie ein Mann zum anderen sagt: »Schau dir bloß die zwei Hohlköpfe an! Der Esel spaziert voraus und die zwei marschieren hinterher. Wie kann man nur so dumm sein?«

Da sagt der Hodscha zu seinem Sohn: »Du hast es gehört, das beste ist immer, man tut, was man selbst für richtig und gut hält. Den anderen kann man nie etwas recht machen."

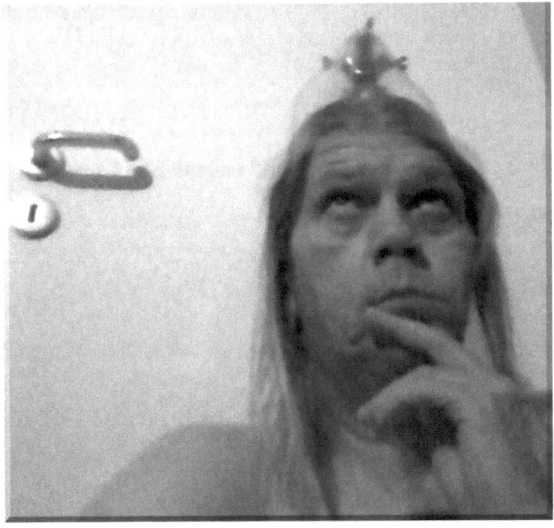

Voll die Esels !

Dem Hottscher ist mit sein sohn unterwegs. Von weiter wech schlappter nun zurük zu den Dorf. Kompenjens sind sein Esel un sein Sohn dabei. Der son of hottscher is aufem Esel am reiten, er selbers schlappt nebendran.

Da latschen paar Tüpen vorbei, ne! Sachter 1e: "Alda- guckst du !! Dem alte Knacker muß zum Fuß schlappen un dere uncoole boy hockt aufm esel !! Dem sollte flennen, weil er so uncool un unkrass is !!"

Dem Hottscher hat aber krasse Lauscherchens un tut dem verstehen. So tun sie dem umwechseln un dem Hottscher hoppelt aufm esel weita !!
Dochn stück weita hocken schon widder son paar Luschies anne strasse !! Macht den einen voll die facepalm und sacht: "ALDA !! wat issn det !! den coolen vollfitten daddy tut auf den Esels reiten -un den Jüngchen lässter marschieren auf den abgefuckten feldweg !! Nee Alda nee !!!"

Okeey, ... !! Hocken se sich dann halt alle beide auf dem Reittier un schockeln weita !!
Aba !! da kommt dann nu 1en alten Agrarier vong dorf her an dene vorbei.
Dem guckt voll duster und tut dann vong Kopf her den schütteln !!
"Wat seit ihr bloss für Tüpens, ey !!", meinter, "isch glaub ich muss dat den PETA melden !! Dem Viech tut sich doch dem Rücken brechen, vong Gewicht her !! Nee echt, EY !!!"
Un wech isser.

Dem Hottscher femmilie tut dem Sache nun Tatsache auch leid. Aba. Wat nu! Easy !! Latschen se ehm alle drei nebennander. Dem Esel, dem Hottscher und dem Sunnyboy !!
Aba !! da kommen schong wieder piepels an dene 3erparade vorbei. Dem schmeißen sich bald weg, ne!
"ALDA !! ROFL !! ROFL !!!! LOL !! LOL !! LOL !! Samma- seids ihr völlich bekloppt ! wat nehmt ihr füa drogen ! Wolnwa auch wat vonn !! HAHA. Ham voll dem endgeilen Esels dabei - un tun aba BEIDE nebendran schlappen, auf den dreckich Feldweg vong Staub her un allet !! Un bei DEN Hitze !!! ROFL !!"

Tja !!
Dem Hotscher tut nu an den Hirnkasten sich kratzen tun. Und dann mit sein sohn diskasschn machen.
"Guckst Du Alda! Hasse ja jez live gescheckt, ne! Eweriebaddies darlink is nich. Kannze nix machn !! Wat nu ! Logo !! Wir machen et jez imma so, wiewa dat selberst für vollfett un swaggy halten !! Gescheckt!"

***

Jo !! Un ich vong m1ne person her tät denken tun - solln se doch imma abwechselnd dem machen. Ma der, ma der, ma alle, ma keins !! Ne ! Also vong Esel her jez.

****

NE !

Iß, mein Pelz, iß!
Der Hodscha ist zu einem Bankett eingeladen. Er trägt sein Alltagsgewand und wird von niemandem beachtet. Das macht ihn betroffen. Er eilt nach Hause, wirft seinen prächtigen Pelzmantel um und kehrt zu der Festgesellschaft zurück. Schon am Eingang wird er in Empfang genommen und zu einem Podest geführt, wo man ihm den besten Platz zuweist. Als die Suppe serviert wird, tunkt der Hodscha das Revers seines Mantels in die Schüssel und sagt: »Bitte, bedien Dich. Iß, mein Pelz, iß, mein Pelz!«

Den erstaunten Gästen aber erklärt er:
»Die Ehre gilt ja doch dem Pelz, soll der auch das Essen haben!«

...

Happi, happi für Klamottens
Dem ehrenwerten Hottscher ist zu 1en großen Fressen eingeladen, bei feine Pinkels. aba wegen wichtigen Anruf oder irgendwas is ihm knapp mitte zeit !! So tut er mit seine normale klamotten hinschlappen.
Un guckstu !! Keina tut ihm beachten oda gross ankwatschen un so. Da is ihm den dann aba doch stinkig vong die nichtbeachtlichkeit her!
Er zischt nomma kurz at home und schmeißt sich in seine endgeile Klamottens mit Pelz un allet.
Kaum issa wieder back to partie tun ihm alle cool und swaggy finden und tun ihm 1e Geleitung geben zu 1 Ährenplatz un so.
Gipt dann auch lecker Süppchen !! Un wat macht den Hottscher! Tut er 1e Ecke von sein Pelz in dem Suppe stecken un rumrühren. Un sacht: "Ey Pelz! Hau rein Alda !! Lasset dich man gut schmecken tun !!"
Dem anderen Tüpen tun dann schon sowat gucken als wolltense saachen: "Hatter jez noch alle Latten am Zaun oda wat!"
Doch dem Hottscher tut dene dann klamüsern wat am Start is!!
"Guckst du Alda !! Wem tut ihr alle swaggy finden! Un für wem seid ihr alle am fly! dem Klamottens - dem Pelz !!! Dann solla auch dem Suppe saufen oda wat !!"

"Höm, ..."

Noch eim Kurzen !!

Wem es steht, dem steht es

Der Hodscha predigt in der Moschee. Er erklärt, es sei Sünde, wenn Frauen sich schminkten. Da weist einer der Zuhörer darauf hin, dass die Frau des Hodscha sich doch auch schminke.
Da entgegnet er: »Tja, wem es steht, dem steht es!«
...

Bei de richtige Tussi is et swaggy!

Den Hottscher ist dene Leute ganz offischel wat am verzählen.
Nemmich dattet 1 übelstes karma macht, wenn den Tussis sich dem schmincke aufschmieren tun!

Da macht 1er von die tüpens in si ouhdienz voll den facepalm und sacht: "EY Alda !! Un dein eigene Tussie! wat macht diedann! Schmiert sich doch auch voll den Schmincksuppe in den Hautfalten, ne!"

Den Hootscher tut aber nur kurz am überlegen tun.
Un sachter: "Guckst du !! Wen dem RICHTIGE endgeile Tussi dem machen tut- dann siehtat ehm auch endgeil aus !! Un is dem dann auch swaggy un cool !!!"
...

Un dammitt wer jez nich nur immer piepel vom 1 Religion ansprechen tun. Numa wat von 1en Trabbi, nee Rabbi. Dass sin die wo die Pastorens und Farrer vonne jüdische Leuts sin !!

Un dem geht so !!

....

Wer hat recht?

Ein Rabbi wurde gebeten, in einem Streitfall schlichtend zu entscheiden.

Der eine der beiden Streitenden kam also zum Rabbi und schilderte ihm seine Argumente. Der Rabbi hörte aufmerksam zu, dachte eine Weile nach und sagte: "Du hast Recht."

Dann kam der zweite Mann und schilderte dem Rabbi seine Sicht der Dinge und legte seine Argumente dar. Auch hier hörte der Rabbi aufmerksam zu, überlegte wieder etwas und sagte: "Du hast Recht."

Wenige Zeit später kam ein Kollege zum Rabbi, der von seinem Vorgehen gehört hatte.

Und sprach zu ihm: "Was ist das für ein Bohai, Rabbi, alter Haberer? Du kannst doch nicht beiden Männer die da Zores hatten, sagen, dass sie Recht haben! Das ist doch meschugge!"

Wieder dachte der Rabbi einen Augenblick nach und antwortete dann: "Du hast Recht."

....

Un folgen tut den nun türlich noch in korrekte Modernsprache !!

Wer schecktet korrekt!

Eim Rabbi tut türlich imma etliche fanboys ham wo ihn nacher korrekten Scheckung fragen tun !!
Un den 1en tach kam so 1 wo Stress mit 1en anderen Tühp hatte. Zu den Rabbi also !!
hatter ihn natührlich verklickert wat am start is un warummer recht hahm tut.
Den Rabbi hat natürlich dem Lauscher gespitzt un imma "JOAH !!" un "Klaa habbich gescheckt, Alda !!" gesacht.
Dann hatter sich kurz dem Birne zergrübelt und dann gesacht: "ALDA !! Checkung voll korrekt ey! Du bist dem wo Recht haben tut !!"
Un dem Tüp sich gefreut un is ab.
Bloss dan. Bißken wat später, ne! Komt den ANNERE Tüp !!
Klaa dann denselbe Session !!
Den hatt ihn natührlich auch verklickert wat am start is un warummer recht hahm tut...
Un auch den rabbi wieda. "JOAH !!" un "Klaa habbich gescheckt, Alda !!" un so !!
Tu si end hin hat sich den Rabbi auch wieder heftig an den Birne gekratzt.
Un! Wat sachter dan!
"ALDA !! Checkung voll korrekt ey! Du bist dem wo Recht haben tut !!"
Voll die Härte -ne!
Aba !!
Auch Rabbis ham ja Kollegens. (Mit eigene fanboys un so.)
Und 1 von dene hat dem story gehört. Un kommt den dann auch zu den Rabbi. Also späta ne !!
Wo ihn reinkommt machter gleich den megafacepalm.
"ALDAAAA !!!!" sachter. "Wattis dattn !! Dem kannzu doch nich bringen tun !!"
"Erzähle erst den 1en Tüp, dasser die endgeil korrekte Checkung hat - un dann den annere Tühpens dann demselbe fuck !! Dem geht doch nicht !! Hasse noch alle Nadeln anne Fichte oda wat!"
Tscha. Wat nu!
Dem erste Rabbi tut nun voll am überlegen. Kratzt sich links an den Perückenständer. Un rechts dan auch !!
Allzer sich 1 Zeitlang den Birne zergrübelt hatt guckter plözlich und sacht. Un sacht !!
"ALDA !! Checkung voll korrekt ey! Du bist dem wo Recht haben tut !!"
KRASS !! Aber voll !!!

....

Jez weißich abba au nix mehr ey !!!!
....

Echt ne!

Jez habbich noch eim Wiz !! Da kommt dann auch den kristliche Pabst drinnen vor. Der komt abba späta noch ma !!

Ers in den alte Sprache -

Jurij Gagarin war damals der erste Mensch im Weltall. Was fast niemand weiß: er hatte danach einige Treffen mit wichtigen Menschen. Zum Beispiel mit dem Staats- und Parteichef der kommunistischen Sowjetunion. „Hast du da oben Gott gesehen?", fragte dieser ihn. „Ja, das habe ich.", meinte Gagarin. „Das habe ich befürchtet – hier hast du 25.000 Dollar, und kein Mensch erfährt davon!"

Später hatte Gagarin eine Audienz beim Papst. „Hast du da oben Gott gesehen?", fragte der Papst. „Nein, leider nicht.", meinte Gagarin. „Das habe ich befürchtet – hier hast du 25.000 Dollar, und kein Mensch erfährt davon!"

Schließlich hatte Gagarin ein Meeting mit dem Präsidenten der USA. „Hast du da oben Gott gesehen?", fragte dieser ihn. „Ja", meinte Gagarin. „Nun, letztlich ist mir das ja egal. Ich habe genauso viele Atheisten wie Gläubige unter meinen Wählern. Wie sieht er denn aus?" „Nun. Sie ist schwarz ..."
....

Nu jez aber im modern.

Den Dschuri Gackerin war wanz apon ä teim den 1ste Mensch in den Weltall !
Aber er ist dann auch wieder auf den Erde gekommen. Zurück also !!
Und hat dann kwatschen getan mit voll die Edelprommies !!
Den numma 1 war den Schef von den soziale Sowettunjohn den es damals noch geben tat.
Sacht ihn den Obersowett: "Alda !! Wat wa en nu! Hasse da ohm dem Gott gesehen getan!"
Meint den Gackerin: "Jau, Alda !! Habbich vol krass gesehen getan !!"
Macht den Schef von den Soziologieunion ein facepalm un tut am stöhnen tun.
"Boah ey !! Wat unkrass. Aba - habbich mich schon fast gedacht !!"
"Passt du auf Tüp !! Gebbich dich jetz auffe Kralle 25 Mille in US-Dollar. Un tusse dem Schnauze halten davon !! Allet klaa !!"
Jau.
Un denn den numma 2. Späta also !! Den war den Pabst !! Den holy Pappa, so zu sachen.
Un fracht ihn den auch unter 4 Glotzer: "Sach ma Alda - mein lieben boy. Hasse denn auch dem liebe Gott schön gesehen getan!"
"Nö, Alda !!" sacht den Gackerin "hattich keine Verträge mit !! Konntich nix von sehen tun. Noh miet no griet !!"
Macht den holy Pabst auch ein facepalm un is halb am flennen tun.
"Okeee..." meinter dann. "Habbich fast schon befürchten getan. Passt du auf gelibten sohn !! Gebbich dich jetz auffe Kralle 25 Mille in US-Dollar. Un tusse dem Schnabel halten von das !! Sons gibt Stress !! Allet klaa !!"
Jau.
Kannze bis 3 zehlen! Klaa oda! kommt jez !! Also dem nummer 3 !!
Un war dem den big Pressie von den USA.
Frachter unsan Dschuri bei Gelegentum dann auch nach dem Gott ins Weltall!
Den sacht ihn: "Joah, Alda !! War sich gut zum erkennen, dem Gott !!"
"Ach na sowatt" meint den US Big boss. "Aber weiste is eigentlich egal Mann. Mich tun welche wählen wo an dem glauben tun und welche wo an dem nicht glauben tun."
Dan fellt ihn noch wat ein. "Ja samma. Wie sah den denn aus, den Gott!"
"Tscha !!" meint den Dschuri Gackerin "SIE sieht voll aus wie den vollkrass endgeile Negerin ne!"

...

Hö hö !!

* * * * * * *

So !! Jez habtter nu schon sehn tun können das man mit den Sprache viel machen tun kann !! Kann mann wat üba dem Gott und dem Welt erzehln !!
Ab nu gehnwa ma wida zu den sprache selbst zurük. Was sol dem bedeuten! Tut soviel heissen wie - is dem sprache übahaupt wircklich wichtick! Kann 1en mit den in echt wat erreichen tun! Da kannze jez ma kucken !!
Ersma wida in uralt sprache un dann in verstendlich modern !!
....

NUR WORTE

Vor langer Zeit in einem anderen Land gab es einen sehr weisen und ehrenwerten Gelehrten. Viele hörten auf seinen Rat und achteten ihn.
Davon hörte auch der stolze, junge Kronprinz des Reiches, ein etwas ungestümer Geselle.
Er kündigte sein Kommen an und der Weise war auch zu einem Gespräch bereit.
Man setze sich und unterhielt sich gemessen über manch` schwierige Frage und verschiedene wichtige Themen.
Irgendwann zeigte der Kronprinz dann aber doch Ungeduld und Unwille. Die bedächtige und friedliche Art des Weisen ging ihm auf die Nerven, seine dauernden Appelle zu verhandeln, miteinander zu reden und friedliche Wege zu suchen, ärgerten ihn.
Er bestritt nun, dass Reden oft helfe, erklärte Worte für eine nutzlose Zeitverschwendung, die zu nichts führe und nichts bewirke, wurde gar abfällig.
Der Weise hörte dem eine Zeitlang ruhig zu, schwieg aber.
Als aber auch der edle Prinz dann einmal eine Pause machte, sprach er, zwar ruhig und konzentriert, aber sehr klar vernehmbar:
"Ach ja? Weißt Du, Du bist so ein dummer und unverständiger Idiot! Mit so einem unerfahrene Deppen zusammen zu sitzen: das ist für MICH eine lächerliche Zeitverschwendung!"
Der junge Thronerbe sprang sofort wütend auf, seine Hand zuckte zum Schwert und zog es schon ein Stück heraus. Voller Zorn schrie er den Weisen an, gestikulierte wild, brüllte Schimpfworte und Drohungen heraus.
Der Weise saß ganz ruhig da. Bald erhob er besänftigend die offenen Hände, beruhigte den Prinz. Und sprach:
"Edler Prinz. Meine Worte waren nicht wirklich an Euch gerichtet. Natürlich nehme ich sie zurück und entschuldige mich auch gern."
"Aber," so fuhr er fort, "war es nicht so, dass Ihr, als ehrenwerter und edler Prinz des Reiches, in Sekunden völlig Eure Fassung verloret? Und hätte ich nur noch ein weiteres beleidigendes Wort gesagt: hätten ihr nicht einen unbewaffneten, alten Mann, der als ein ehrenvoller Weiser gilt, einen Kopf kürzer gemacht, mit Eurem Schwert?"
"Und sagt: glaubt Ihr nun noch immer, dass Worte machtlos sind und nichts bewirken können?"

Itz ohnlie words !!

Is schon vol lange her un wa woanderrs. Filleicht in den Schina oda auch Intiehn.
Da war da so 1 Weisen Schlaumeister werrie femouse. Dem tatense auch alle kennen und vol gut und krass finden.
Det hatte dann den San of se Kink auch gehöhrt. Also dem Printz !!
Un hatter dann eim mieting gemacht mit den Schlaumeisters.
Hamse ersma gans brav getookt. Üba so wichtick Zeuch un übahaupt. Aba den Printz den hatte zimmich Hummel in den A....-Hintern sachen wer ma.
Un hat dem dat dan doch zimmich abgenervt den Laberei. Also den von den Schlaumeister !!
Weil den imma meinte: "Joah -Alda! Lass uns dem ausdiskutierens !! Peace Bro !!" un so.
Un hat den dann angefangens zum nörgeln. Un sacht den Weißen: "Passt Du auf Alda !! Dem gerede unt den Laberei mit dene Wörters - den bringt nix !! Dem kannze inne Feiffe rauchen un libba im Kino gehn in den Zeit !!!"
Nu aba den Schlaumeister !! Den hat ers ma voll auf cool gemacht. Hat den Jangster Prince labern lassen. Un wo dem dann auch mal Luft holen musste vong Athmung her da sacht er ihn voll 1 Satz !!
"Kuckst Du !! Du bist doch voll dem Depp !! Unkrass uncool neben de Kapp - voll den Alpha - Kevin !! Auf Jedsten !!! Da wär ISCH liba im Kino gelatscht als mit dich hier abzuhängen un dummet Zeuch zu kwatschen !!!!" Boah ey !!
Dem Prince is türlich sofort voll abgegangen !! Dschambt auf dem Füsse tut schon am Schwert rumfummelns is voll am abkreischen und fuchtelt in dem Gegend rum !!!!
Aba dem weise Schlaumeisters is ganz cool geblieben ne! Hat den 1 Momang gewartet un dann gesacht: "cool daun Alda !! Wa blossn Dschook !! Wolltich dich blos wat klaamachen mit !!"
Und hat dem erklärt !!
"Kuckst Du edlen Printz! Bis du doch dem ährenwerte Son of se Kink !! Und sogga DU Alda - bis von Null auf hunnertachtenneunzich in Null komma 3 Sekundens !! Ne! Un hettich noch bissken weiters gestänkert getan - hättste mich dem Rübe abgesäbelt ne! Gibbet ruhich zu ne !! Isso !! Und jez pass Du auf - tus du imma noch meinen tun von Wörters her dem bringt nix! da käm nix am fly nur vong gelaber her! Odda watt! Is doch waah !! ISSO !!!"

Jez habbich noch eim coole Wiz für euch.
Oda 1 storrie. Wo fürleicht auch passieren können täte !! wat ewentwell gah nich so vakehrt sein täte. Aba ich hab nix gesacht ne!
Un mussich euch ers noch 1 Gestendnis machen tun !!
Weil ich bim schon was im stress jez mit den ganze schreiberei. Wegen den tu ich euch den jez mal NICH übersetzen tun in unser richtige coolkorrekt sprache !!
Ihr könnt dem aber als 1 übung betrachtem !! Also !! Das ihr dem ma selbst zu übersetzen tun versucht !!
Wissta ja -dem Übung macht dem Master of se Juniwers !!!
Un !! Den lezte Satz ist immahins in korrekte Modernsprache !!

Gehtan gleich los !!

Aba !! Ehm nich imma Bro. Ne!

Der klügste Mann der Welt
2017. Eine besondere Besprechung in einem Luxusflugzeug war geplant. Doch plötzlich gibt es einen Ruck und einen lauten Knall.
Der Pilot überlebt nur noch kurze Zeit und sagt in dieser Zeit gerade noch durch, dass das Flugzeug in etwa 10 Minuten abstürzen wird.
An Bord lebt nun nur noch ein unscheinbarer Mann (der Reichsbürger ist), Papst Franziskus, Donald Trump, Frauke Petry und ein Student im Praktikum.
Man stellt in aller Eile fest, dass nur noch drei unbeschädigte Fallschirme übrig sind.
Zuerst meldet sich der Reichsbürger zu Wort. Hastig zieht er seinen Aluhut über und zückt seinen selbst laminierten Reichsbürgerausweis.
Und spricht: "Kein Problem, ihr Systemlinge! Ob es überhaupt eine `Gravitation` gibt- das ist noch die Frage, bei der heutigen #Lügenpresse !!!"
"Außerdem ist das egal.", redet er weiter. "Ich habe vorhin deutlich durch das Bullauge gesehen, dass es ein Raumschiff vom Aldebaran war, das uns gerammt hat. Evtl. könnte es auch noch eine Reichsflugscheibe von der dunklen Seite des Mondes gewesen sein !!! Das ist aber unwichtig. Es steht außer Zweifel, dass man Euch vernichten wollte und mich retten! Ich brauche also keinen Fallschirm. Meine Brüder und Schwestern aus dem All werden mich mit einem Traktorstrahl oder pranischer Energie an Bord ihres Schiffes holen!!"
Spricht`s und springt mit idiotischem Grinsen aus der Luke.
Nun meldet sich ungeduldig Donald Trump zu Worte. "America first! Peoples! Ihr werdet einsehen, dass ich der wichtigste und klügste Mann der Welt bin. Selbst ich brauche aber etwas Zeit, um die USA wieder groß zu machen! Der mächtigste Präsident hat ja dann wohl Anspruch auf mindestens einen Fallschirm!" Er versorgt sich, grabscht mit schmierigem Grinsen Frauke Petry noch mal herzhaft an die Körpermitte und springt ab.
Frauke Petry lächelt geschmeichelt und legt dann ebenfalls los: "Ich bin die wichtigste Frau in der wichtigsten neuen Partei in Deutschland. Nur wir können Deutschland noch retten, vor der entsetzlichen Sturmflut terroristischer Scheinasylanten, die unser Vaterland überfremden, unsere Sozialsysteme plündern und uns unsere Arbeitsplätze wegnehmen. Außerdem habe ich jetzt ja wieder mal Familie! Das hat was mit abendländischen Werten zu tun, Herrschafften!!"
Sie greift zu und springt ab.
Nun ist noch ein Fallschirm übrig, sowie der Papst Franziskus und der Student im Praktikum:
Franziskus räuspert sich und spricht: "Nun mein Sohn. Wenn ich das unter vier Augen mal so sagen darf. Ich denke eigentlich schon, dass ich so ziemlich der coolste und progressivste Papst seit vielen Jahrzehnten bin... Aber ich bin auch ein alter Mann und hoffe auf die Gnade des Herrn! ... Außerdem: den Imageschaden, wenn ich den Fallschirm nähme und Du stirbst und das kommt raus: davon würden Papstum und Kirche sich hundert Jahre lang nicht erholen! So nimm denn den Schirm und Gott befohlen, mein Sohn!"
Der Student im Praktikum blickt nun auf (er hatte sich intensiv mit seinem Handy beschäftigt) und spricht: "Nö, Alda. Man braucht nicht denken, das wär 1 Problem, vong Fallschirm her! Sind noch genuch da. Den klügste Präsident der Welt hat vorhin meinen Rucksack aufgeschnallt, statt 1en Fallschirm!"

DEM Seite is jetzt für Euch Bros und Sis !!
Da könnta dem selbsteigene trenschleschon hinmalen tun !!
Oda schreiben „KEIN BOCK ALDA !!" Läuft bei Dir !!

.
...
.....
....

Un JEZ !!
JEZ wirtet NOCH schwerwiegender. Also diffikult !!
Weil !
Ich tut euch dem nächste au widda nich übersetzen.
UND – dem ist noch in 1e Sprache die wo selbst für den Antiksprachler schon widder alt war. Also is !! Ne!
Tu ich Euch abbers bißken vong den thema erzehlen an anfang un on sie Ent au nomma !!
Ich mach dem natührlich weil ich 1 faulen sack bin.
Aba !! auch weil ihr nich doof seit !! Oda nur bisschen wat ne!
Dem is übrigens eine Parabellum mit Ring. Von 1en Herrn Lessink

Nu gehtet los !!

... !!!!

"Gotthold Ephraim Lessing (1729 - 1781) war ein bedeutender Dichter der deutschen Aufklärung." (wiki)

Den Lessink war also 1en – wo jez schon tot is – der ganz dicht war. Also Dichter sogar !! Un war er werrie famos.
Ihn war auch 1en Aufklärer. Also jez nich in Kriech und auch nicht dem mit den 6 von die Bienens wo mit dem Blumen... ihr wist schon ne!
Aba 1en Tühp wo dene piepel gesagt hat, das sie 1 EIGENE brain haben – und wenn se sich ganz doll anstrengens tun – mit den sogar denken können tun !! Selbers !!
Den ist cool !!!!

Nathan der Weise ist der Titel und die Hauptfigur eines fünfaktigen Ideendramas von Gotthold Ephraim Lessing, das 1779 veröffentlicht ... wurde. Das Werk hat als Themenschwerpunkte den Humanismus und den Toleranzgedanken... Besonders berühmt wurde die Ringparabel im dritten Aufzug des Dramas.

Dem komplette eBook von den Lessink hat geheißen Nathan den Oberschlaue. un hatter dem schon am markt geschmissen in se jiehr 1779 !! Und dem Parabellum mit den Ring is den beste storrie in den eBook !!! Klaa ne!

Et geht um 1 Pappa und 3 Sohntüpens. Also von den !! Und 1 magic Ring. Un den is türlich 1 Erbstück un wer dem hat dem finden alle piepels total cool un swaggy un werrie frentlie und wat nich noch allet.
Blos dann warentat plöthzlich 3 Ringens. 3 - ALDA !!!
Voll dem Stress !! unkrasse sitjueschen voll !! Wat nu!
Doch jez müssta selbers kucken.

Vor grauen Jahren lebt' ein Mann in Osten,
Der einen Ring von unschätzbarem Wert
Aus lieber Hand besaß. Der Stein war ein
Opal, der hundert schöne Farben spielte,
Und hatte die geheime Kraft, vor Gott
Und Menschen angenehm zu machen, wer
In dieser Zuversicht ihn trug. Was Wunder,
Dass ihn der Mann in Osten darum nie
Vom Finger ließ; und die Verfügung traf,
Auf ewig ihn bei seinem Hause zu
Erhalten? Nämlich so. Er ließ den Ring
Von seinen Söhnen dem geliebtesten;
Und setzte fest, dass dieser wiederum
Den Ring von seinen Söhnen dem vermache,
Der ihm der liebste sei; und stets der liebste,
Ohn' Ansehn der Geburt, in Kraft allein
Des Rings, das Haupt, der Fürst des Hauses werde. –
...
So kam nun dieser Ring, von Sohn zu Sohn,
Auf einen Vater endlich von drei Söhnen;
Die alle drei ihm gleich gehorsam waren,
Die alle drei er folglich gleich zu lieben
Sich nicht entbrechen konnte. Nur von Zeit
Zu Zeit schien ihm bald der, bald dieser, bald
Der dritte, – sowie jeder sich mit ihm
Allein befand, und sein ergießend Herz'
Die andern zwei nicht teilten, – würdiger
Des Ringes; den er denn auch einem jeden
Die fromme Schwachheit hatte, zu versprechen.
Das ging nun so, solang es ging. – Allein
Es kam zum Sterben, und der gute Vater
Kömmt in Verlegenheit. Es schmerzt ihn, zwei
Von seinen Söhnen, die sich auf sein Wort
Verlassen, so zu kränken. – Was zu tun? –
Er sendet in geheim zu einem Künstler,
Bei dem er, nach dem Muster seines Ringes,
Zwei andere bestellt, und weder Kosten
Noch Mühe sparen heißt, sie jenem gleich,
Vollkommen gleich zu machen. Das gelingt
Dem Künstler. Da er ihm die Ringe bringt,
Kann selbst der Vater seinen Musterring
Nicht unterscheiden. Froh und freudig ruft
Er seine Söhne, jeden insbesondre;
Gibt jedem insbesondre seinen Segen, –

Und seinen Ring, – und stirbt. – ...
Ich bin zu Ende.
Denn was noch folgt, versteht sich ja von selbst. –
Kaum war der Vater tot, so kömmt ein jeder
Mit seinem Ring, und jeder will der Fürst
Des Hauses sein. Man untersucht, man zankt,
Man klagt. Umsonst; der rechte Ring war nicht
Erweislich; –
...
Wie gesagt: die Söhne
Verklagten sich; und jeder schwur dem Richter,
Unmittelbar aus seines Vaters Hand
Den Ring zu haben. – Wie auch wahr! – Nachdem
Er von ihm lange das Versprechen schon
Gehabt, des Ringes Vorrecht einmal zu
Genießen. – Wie nicht minder wahr! – Der Vater,
Beteu'rte jeder, könne gegen ihn
Nicht falsch gewesen sein; und eh' er dieses
Von ihm, von einem solchen lieben Vater,
Argwohnen lass': eh' müss' er seine Brüder,
So gern er sonst von ihnen nur das Beste
Bereit zu glauben sei, des falschen Spiels
Bezeihen; und er wolle die Verräter
Schon auszufinden wissen; sich schon rächen.
...
Und nun der Richter.
Der Richter sprach: Wenn ihr mir nun den Vater
Nicht bald zur Stelle schafft, so weis ich euch
Von meinem Stuhle. Denkt ihr, dass ich Rätsel
Zu lösen da bin? Oder harret ihr,
Bis dass der rechte Ring den Mund eröffne? –
Doch halt! Ich höre ja, der rechte Ring
Besitzt die Wunderkraft beliebt zu machen;
Vor Gott und Menschen angenehm. Das muss
Entscheiden! Denn die falschen Ringe werden
Doch das nicht können! – Nun; wen lieben zwei
Von Euch am meisten? – Macht, sagt an! Ihr schweigt?
Die Ringe wirken nur zurück? und nicht
Nach außen? Jeder liebt sich selber nur
Am meisten? – Oh, so seid ihr alle drei
Betrogene Betrüger! Eure Ringe
Sind alle drei nicht echt. Der echte Ring
Vermutlich ging verloren. Den Verlust
Zu bergen, zu ersetzen, ließ der Vater
Die drei für einen machen.

...
Und also, fuhr der Richter fort, wenn ihr
Nicht meinen Rat, statt meines Spruches, wollt:
Geht nur! – Mein Rat ist aber der: ihr nehmt
Die Sache völlig wie sie liegt. Hat von
Euch jeder seinen Ring von seinem Vater:
So glaube jeder sicher seinen Ring
Den echten. – Möglich; dass der Vater nun
Die Tyrannei des einen Rings nicht länger
In seinem Hause dulden wollen! – Und gewiss;
Dass er euch alle drei geliebt, und gleich
Geliebt: indem er zwei nicht drücken mögen,
Um einen zu begünstigen. – Wohlan!
Es eifre jeder seiner unbestochnen
Von Vorurteilen freien Liebe nach!
Es strebe von euch jeder um die Wette,
Die Kraft des Steins in seinem Ring' an Tag
Zu legen! komme dieser Kraft mit Sanftmut,
Mit herzlicher Verträglichkeit, mit Wohltun,
Mit innigster Ergebenheit in Gott
Zu Hilf'! Und wenn sich dann der Steine Kräfte
Bei euern Kindes-Kindeskindern äußern:
So lad ich über tausend tausend Jahre
Sie wiederum vor diesen Stuhl. Da wird
Ein weisrer Mann auf diesem Stuhle sitzen
Als ich; und sprechen. Geht! – So sagte der
Bescheidne Richter.

Jau ey !! So geht dem storrie. Wasma noch wissen tun muss !!
In den damalige zeit war den 3 Ringe eim Beispiel. Eim Metaffer.
Also wie wennze sachs – dem Braut is heiß wie 1 Wulkan ey !!!!
Dem ist dann ja auch keim RICHTIGE Wulkan ne!
Also !! Was soll dem bedeuten!
Dem Beispiele waren den Relitschens. Den Glaube. Un waren dem
damals den Kristen den Ischlahm un den Judens !!
Die hatten voll dem Stress weil dem alle meinen taten dem wären dem
oberkrasseste und coolste !! Also jeder !!
Und dem Richter hat dene dann 1 Erleuchtung verpasst also voll den
Osram gemacht dass dem alle wat Gutes MACHEN tun müssen !! Und
DANN kann man kucken wie man kuckt !!!!
JOAH !! Und so is dem auch !!!! Aba Hallo !!
PEH ES- bei dem 3 können ihr noch annere bei tun beiseweii !! Dem
Buddyisten dem Hindusch und egal wem noch !! Ne!

So !!
Un jez is dem Buch feddich !!
Na ja gut ...

Weil !! Eim kapitels kommt noch !! Da komt allet rein wattich noch vagessen gehabt hab. Unnen Filmtip un Grüse un all so Zeuch !!
Aba ich tu euch immers 1 Überschrift dazwischnn machen vasprochn !!!!

8) noch so Schluss-sachen!

Wommit fangich an! Mit den Ausblick felleicht.

AUSBLICK

wie schöhn unsan moderne Coolsprache is -habter ja nun in diesen 1 Buch hier gesehen vong lesen her !!

Aba !! Dem gibt noch Wariazionen und possibillieties wie sich dem NOCH schöners entwickeln können tun könnte !!

Hier is noch eim beispil von den bereits erwehnte Expertlevel Federsfunken Muriel:

 Nadine Federfunken Muriel Man könnt dem ganzen Zitat natürlich noch wat swaggy gangsta pimpen, so vong Prinzip und vonge skillz her: "D4t tut j4 $chon m4 $ehr vi3lv3rprech3nd kling3n, $o m4 vong Prinzip h3r, nech" 😃 ♥

Dem hattse aba schön gemacht getan ne! **Dem is cool !!**
Un jez noch eim fund aus den Internetz mit 1 intresannte Abgewandeltheit vong dene Grosschreibunck !!

Hallo Ier Liben Leute Ich Habe Ein Amazon Fire Tv Stick Der Vol Fungsieonons Fejieg Ist Ich Suche Hier Auf Dem Weg Ein Pc Oder Ein Windos 10 Tab Katon Nezteil Fernbedienug Forhabden Auch Die Beschreibung Ist Auch Da Man kan Fiele Apps Selber Noch Rauf Machen Und Mann Kan Auch Da Mit Schpiele Schpielen Die Mann Sich Rausladen Tut Bei Fragen Könt Ier Mich Auch Anrufen Der Amazon Fire Tv Stick Hat Auch Wlan Und Man Kan Den Auch Mit Den Hendy Verbienden Ist Auch Möglech Mann Kan Den Auch Keuflech Erwerben Für 75 Euro Forfüren Kan Ich Es Auch Mann Solte Mich Foher Aber Anrufen Hier Ist Meine Hendy Nummer (

Oder wat!

NE !!!!

Un jez !!

Kommt dem **FILMTIPP** !!

DEM FILMTIPP

Warum dem!
Ich wollte euch zeigen tun, das wir in 1e schönne Welt ehm auch vong Sprache her was coolez brauchen tun. Oda bessa gesacht – umgekehrt !!
Ihr vasteht dem schon. Deshalbswegen !! Und weil ich dem Können tue !!!

Und dem film tut heissen!

IDIOCRACY

Also !!
Ich hatte vong Denken her ers gemeint dem wäre 1 Dokumentharsfilm.
Aba ist mejbie doch – noch – so eim Zukunftsfilms !!
Is ja wirklisch auch noch nich übaall so schön wie in den Films !! Leida ne!

Im den Antikwiki steht dem so !!

„... **Idiocracy**
Idiocracy ist eine Science-Fiction-Komödie des US-amerikanischen Regisseurs Mike Judge aus dem Jahr 2006. Der Film zeigt eine Dystopie der Welt des Jahres 2505,..."

Dem habbich hier gefunden getan beiseweii -

https://de.wikipedia.org/wiki/Idiocracy

Un nu noch n fotto ne!

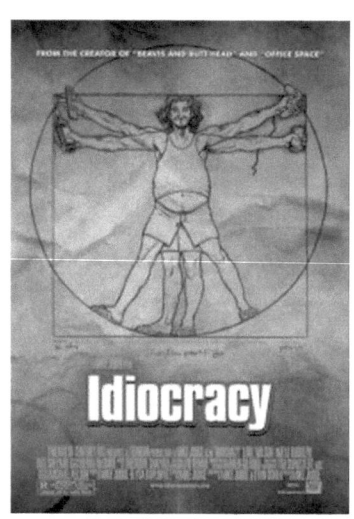

Wa da nich noch wat!

Ja aber nein aber ja aber nein aber ja...
Ah jez ja !!
Also !!
Sogga 2 sachens hettich noch. Un dann kommt auch sogaa noch wat von meinen anderen Avatar und Werbunck un so.
Okeeee... Es tun jetz also noch dem **Gruß und Dank** kommen !!
Zuerscht habbich da aba noch eim

GESTE DER VERSÖHNUNG !!

Ah joh !! Weil !! Es gipt doch Leitz wo imma noch an dem alde Anticksprache hängen tun un vong dem nicht ablassen tun könenn !! Un für dem habsch da jez gaaanz tolle Tips !! wie Se dem soga noch bessa machen können tun !!!
Dattis echt nett oda! Is türlich auch wieder aus den Indernet. Kuckstu hier !!

```
Wie man gut schreibt.


1.  Alliterationen auslassen. Allezeit.

2.  Fuck Anglizismen!

3.  Denk Dir keine Sätze, die das Prädikat zerteilen, aus.

4.  Achte auf korekte Orthographie, und Interpunktion

5.  Meide das Klischee wie der Teufel das Weihwasser.
    Es ist ein alter Hut.

6.  Vergleiche sind schlimmer als Klischees.

7.  Am schlimmsten sind Superlative.

Achtens: Halte Aufbau und Stil durch.

9.  Sei mehr oder weniger spezifisch.

10. Kein Mensch mag allgemeine Behauptungen.

11. Sei nicht redundant, benutze nicht mehr Wörter als nötig
    das ist nämlich total absolut überflüssig.
13. Wer braucht rhetorische Fragen?

14. Übertreibung ist eine Million mal schlimmer als
    Untertreibung.

14. Aufzählungen mit mehr als 10 Punkten werden unübersichtlich.
```

Nochwat !!
Lasts euch nich von sowat interieren !!
Den kan mann durchaus Richtick raten !!!!

Die Spinnen
Die spinnen

Der gefangene Floh.
Der Gefangene floh.

Er hat in Berlin liebe Genossen.
Er hat in Berlin Liebe genossen.

Warme Speisen im Keller-
Warme speisen im Keller-

Beschädigte Liegen in meiner Filiale.
Beschädigte liegen in meiner Filiale.

Vor dem Fenster sah sie den geliebten Rasen.
Vor dem Fenster sah sie den Geliebten rasen.

Er verweigerte Speise und Trank.
Er verweigerte Speise und trank.

Der Junge sieht dir ungeheuer ähnlich.
Der Junge sieht dir Ungeheuer ähnlich.

Wäre er doch nur Dichter!
Wäre er doch nur dichter!

Die nackte Sucht zu quälen.
Die Nackte sucht zu quälen.

Gruß und Dank

Gruß und Dank richtet sich an etliche Menschen. Dies kann unterschiedliche Gründe / Vorwände haben. Engagement für die Sprache, die Literatur, Second Life, für Flüchtlinge, gegen Hartz IV, oder Aktivitäten im Bereich Fotografie, Malerei, Kreativität, Philosophie, Humanität. Oder schlicht in Inspiration, Ermutigung und Unterstützung. Menschen die sich hier wider Erwarten nicht finden, sei gesagt, dass dies nur an einer Verkettung wirklich unglücklicher Umstände liegen kann! Sie mögen mir diese Information bitte unauffällig zuspielen: in der nächsten Auflage werde ich das berücksichtigen!
Sollten Menschen auftauchen, mit denen ich (mittlerweile) zerstritten bin: bitte dieses Buch kaufen und den eigenen Namen hier streichen. Danke!
Sascha Bulazel, Thorsten Küper, Fabian Gotthold, Michael Müller, Ed Grau, Britta Zwillich, Doris Zwillich, Christian Ratz, Ellen Vaudlet, Edda Zacharias, Harald Knoll, Kirsten Riehl, Rolf Högemann, Renate Eva, Regina Rosemann, Tanja Kasten, Ben Cook, Björn Uhde, Anne Singh, Helmut Seethaler, Moppel Wehnemann, Barbara Lange, Ulf Hundeiker, Nadine Federfunken Muriel, Carmen Isolde Fontagnier, Friedrich Karl Gompert, Claire Chevalier, Leo Lukas, Gerhard Fontagnier, Karlheinz Paskuda, Alex Jahnke, Jo NB, Anja Bagus, Rita Müller, Nicole Wilde, Rolf-hoege Laienautor, Maria Khanian, Harald Thomé, Ulrike Möller-Loko, Deniz Y. Dix, Norbert Wiersbin, Berthold Bronisz, Gabriele Behrend, David Schwarzendahl, Perry Feth, Klaus Middendorf, Murat Uguz, Jennifer B. Wind, Sven Kabelitz, Sarina Wood, Angela Heger-Bischof, Annette Ludwig, Bernhard Wadle-Rohe, Andreas Lüdenscheid, Naomi Greenberg, Kate Amin, Frederic Brake, Antje Ippensen, Roma Maria Mukherjee, Tobias Schindegger, Willi Bormet, Spectare Barbosa, Jean-Pol Martin, Andrea Brücken, Bernar Leston, Olli Mei, Joachim Lünenschloß, Dennis Frey, Ute Bella Donner, Raffaelina Rossetti, Michael Erich Pilarczyk, Karlo-Petar Plazonic, Bastian Barbosa, Gerald Unger, Thomas Krappweis, Ulrike Beudgen, Norbert Fiks, Angela Wendt, Kjs Yip, Regina Schleheck, Jürgen Bendrin, Xirana Oximoxi, Dörte Giebel, Leonor Quinteros Ochoa, Rosi Strunk, Costantino Gianfrancesco, Uta Köbernick, Selina Haritz, Dorena Verne, Marga Rine, Marc A. Fischer-Tomm, Patrick Popelka, Martin Sonneborn, Christian Montillon, Bryn Oh, Wibke Ladwig, Lordi Schadt, Tobias Vahlpahl, Carola Hammelmann, Dadalus Uggla, Sabine Gerassimatos, Chu Ann, Sina Souza, Katharina Gramzi, Ulrich Wockelmann, Biane Fries, Steffen Peschel, Petra K. Gungl, Benjamin Pfennig, Max Keck, Ralph Boes, Raissa Imenitova, Philipp Morlock, Alexander Kästel, Marco Patriarca, Oliver Maria Schmitt, Holger Keck, Sabine Andrea Kästel, Ralf Schoofs, Allan Joel Stark, Helmut Seethaler, Tom Daut, Whirli Placebo, Detlef Zöllner, Frank Scheidhauer Kunst, Gages Van de Gag, Torrid Luna, Hans-Christian Ströbele, Gary Zabel, Wolem Wobbit, Miriam Pharo, Jeremy Jay Ryze Carr, Zed Slamm, Samina Mortensen, Myan Thor, Philipp Ruch, Emma Fargis, Andreas Mertens, Elke Krüßmann, Charlotte Mourner, Inge Hannemann.
Und nicht zu vergessen: Rita, Frito, die Regierung und natürlich Präsident Comacho!
Vielen Dank!!

MfG
BTB

Plauderei über den Autor

Burkhard Tomm-Bub, M.A. Geboren 1957 in Recklinghausen (NRW) als Sohn einer Reporterin und eines Bundesbahnbeamten. Beziehungsstatus in fb: `Es ist kompliziert`, lebenslänglicher Pudding-Vegetarier, Pazifist, LINKS, Pantheist / Panentheist, aber Mitglied keiner Sekte, Kirche noch Partei. Hartz IV-Aktivist. Er sieht sich als Mensch und Weltbürger, liebt aber die deutsche Sprache und die Literatur allgemein. Insbesondere auch Science Fiction und ähnliches.

Weitere Interessen sind Suchtkrankenhilfe, Flüchtlingshilfe und die VR, der cyberspace. Namentlich hier Second Life.

„*Burkhard Tomm-Bub aka BukTom Bloch: wie war es dieses Buch zu schreiben?*"
„Tja.... Wenn es ein Fegefeuer gibt: werden mir danach nun später mutmaßlich so etliche Jahrzehnte Straferlass gewährt, wie ich hoffe! :-)
Nein, es hat schon auch Spaß gemacht, ganz klar.
Aber anstrengend war es durchaus."

„*Was willst Du mit diesem Werk erreichen?*"
„Erst einmal soll das Buch den Menschen Spaß machen, ganz klar! Wenn ein paar Euro Spendengewinne für gute Zwecke zusammen komme, freue ich mich. Und schließlich habe ich noch die eine und andere Weisheit zum Thema Sprache, Toleranz, usw. eingestreut. Und hoffe, dass dies nicht zu aufdringlich rüber kommt."

Ludwigshafen/Rhein, 2017

Quellenangaben

+ Die Fotos sind in der Regel selbst angefertigt.

+ Einige Fotos wurden im Januar / Februar 2017 regelgerecht wikipedia entnommen.

+ Zitate wurden im Rahmen der Zitationsregeln verwendet.

+ Nähere Angaben finden sich, wo notwendig, vor Ort.

Burkhard Tomm-Bub, M.A.

IMPRESSUM

Autor des Buches ist, unter dem Pseudonym „BukTom Bloch":

Burkhard Tomm-Bub, M.A.
67063 Ludwigshafen
Jakob-Binder-Strasse 22
Mail: ogma1@t-online.de

Herstellung und Verlag:
BoD – Books on Demand, Nordersted

9 783743 142503

Copyrightvermerke siehe unter „Quellenangaben".

WEITERE BÜCHER DES AUTORS

HANDBUCH WIDERSTAND
-GEGEN HARTZ 4!

Wir sind viele. Erwartet uns.

Das System Hartz IV, beziehungsweise Arbeitslosengeld II, ist auf eine traurige und ethisch sehr bedenkliche Weise gescheitert! Jedenfalls dann, wenn wir die Maßstäbe von Gerechtigkeit und Menschlickeit anlegen. Und das sollten und müssen wir tun!

Es ist gescheitert, es war von Anfang an mit ethischen Mängeln und Denkfehlern behaftet und es wurde im Laufe der Jahre immer weiter und mit Wucht "vor die Wand gefahren" -zum Schaden von uns Allen!

Burkhard Tomm-Bub, M.A.
EX-Fallmanager im jobcenter
2015

Nochwat !!

1,- Euro pro Buch gehen an die wohltätige Gruppe „50Cent", zu finden auf facebook hier (Stand jeweils Februar 2017):

https://www.facebook.com/groups/1585610121734755/

Und im Blog hier:

http://50centcharity.blogspot.de/

Viel mehr Gewinn wird jedoch auch nicht anfallen, da der Preis ansonsten so niedrig gehalten wird, wie es unter den Umständen eben möglich ist!

BTB